수채화 한 폭

| 한국대표정형시선 069 |

수채화 한 폭

이행숙 시조집

고요아침

저장하다

늦게 쓴 글쓰기에 졸음도 마다 앉는
모자란 서정 한쪽 곱다시 채워가는
회갑 때 시집을 내는 큰 산 하나 오른다

2023년
스무 살 세 번째 + 한 살
이행숙

■ 차례

시인의 말   05

제1부 / 솔잎 일기

솔잎 일기   13

물든 날   14

수채화 한 폭   15

복을 건네다   16

대물림   17

해갈   18

물그림자   19

달빛 가야   20

사과꽃 마을   21

지리산을 건듯 읽다   22

가을 한 잎   23

눈 내린 날   24

내려놓다   25

친정 보따리   26

통도사 봄 마중   27

제2부 / 바람결에

바람결에   31

너의 자리   32

꽃반지 사진   33

흑백사진   34

내 동생   35

선물   36

감나무 아래   37

봄, 그리움   38

다 큰 자식   39

눈썰매   40

폰 잔치   41

친구의 봄날   42

해반천   43

훅 치고 들어온   44

봄 가족   45

제3부 / 폭포 앞에서

폭포 앞에서   49

가을 산책   50

철새처럼   51

탑돌이   52

행복 교실   53

접시꽃   54

봄날에   55

오리박물관   56

곶감   57

숲속 의자   58

봄 마중   59

연화리 서정   60

사추기思秋期   61

시작詩作   62

어쩌다 눈   63

제4부 / 한낮의 여유

한낮의 여유   67

꽃지짐   68

비타민 D   69

산사   70

닮은꼴   71

내 탓   72

섬진강의 봄   73

나이 친구   74

기림돌   75

갯벌   76

불청객   77

어부바   78

오리 세상   79

구름 놀이터   80

투정만 늘어난다   81

제5부 / 평상 일기

평상 일기　　　　　　　85

가을 안부　　　　　　　86

정자나무 일기　　　　　87

캠페인　　　　　　　　88

굴　　　　　　　　　　89

이름에게　　　　　　　90

쓴맛　　　　　　　　　91

산채비빔밥　　　　　　92

마늘을 까다　　　　　　93

도토리　　　　　　　　94

문을 열다　　　　　　　95

살풀이　　　　　　　　96

앉은뱅이책상　　　　　97

세대 차이　　　　　　　98

두레 밥상　　　　　　　99

해설_따뜻한 시심으로 수놓은 서정 시조의
　　결정판/ 정유지　　　103

1부

솔잎 일기

솔잎 일기

단발머리 소녀가 산길을 내려온다
새색시 베개 같은 나뭇짐 머리 이고
온몸에 산 냄새가 밴 발걸음이 힘차다

솔가리 듬뿍 넣어 아궁이 불 피우듯
굴뚝 연기 퍼져가는 단란한 저녁 무렵
소나무 둥치 아래서 그날 다시 읽는다

물든 날

풋감 떫은맛에도 첫사랑 배어들면
꽃무늬 모양 찍어 그에게 보내볼까
파르르 떨리는 마음 내 나이는 꽃띠다

온몸이 비틀리다 까무룩 잠이 들면
서운암 장독대 위 향기로 날고 있다
금낭화 복주머니에도 반쯤 물을 들이고

수채화 한 폭

구경 온 뭉게구름 가던 걸음 멈추고
꽃무늬 원피스의 손목 덥석 잡는데
가을빛 도화지 위에
앉아있다 어느새

푸른 잔디 발아래에 개망초 곱게 피어
다리 꼰 눈웃음에 제 마음 감춰두고
스치는 바람 속으로
고백 한 줄 날린다

복을 건네다

가슴에서 손끝에서 떨리는 맘과 마음
새집을 지어가듯 접어가는 복주머니
플러스 가득 채우고 마이너스 줄이고

대물림

대문을 들어서며 습관처럼 불러보듯
"바쁜데 언렁 오지 뭐하다 이제 오노"
꾸짖듯 반기는 소리 귓가에 여전하다

구석 편 반닫이는 수북한 생을 품고
광목천 두들기던 시간의 방망이질
빛바랜 사진틀 속에 웃고 있는 어머니

목 놓아 불러주던 구성진 노들강변
눈가에 맺힌 눈물 말없이 흐르지만
이제는 내 노래 되어 그리움을 쌓는다

해갈

마른 땅 방긋 웃는 빗소리 달달하다
한 달을 굶주리다 황달 든 벼 포기들
저 논에 물들어가는 심장 소리 세차다

물그림자

봄비를 흠뻑 맞는 연두가 싱그럽다
고개를 쑥 내미는 여린 물살 저 호기심
감춰둔 속내 비칠까 뒷걸음질 바쁘다

무심코 던진 돌팔매 바람이 야단치는
하늘, 구름, 이팝나무 물속에 놀고 있다
위양지 수채화 속에 떠다니는 봄봄봄

달빛 가야

얼굴에 분칠하고 가야를 마중하는
흐르는 물속에다 달빛을 걸어듀다
풀벌레 울음소리에 반짝이는 조명등

은은한 대금 소리 심금을 울려준다
떨리는 손끝 따라 풀잎도 너울대며
신명 든 민요 가락에 도포 자락 흥겹다

온몸을 담금질하던 시간을 녹여내면
어깨춤 들썩이던 달빛도 깊어간다
좀 거친 가야 숨소리 물결 위에 구르고

사과꽃 마을

강 따라 달리는 길 꽃피는 봄날이다

하얀 꽃 넘실대는 꽃구름에 흠뻑 취해

먼 먼 길 달콤한 졸음 꿈에서도 사과다

지리산을 건듯 읽다

운무에 반쯤 잠긴 산허리 돌고 돈다
풀 내음 물소리에 책갈피 넘어가고
발자국 찍히는 만큼 초록 경전 읽는다

지친 발길 환대하는 고봉은 말이 없는데
웃자란 바람인 듯 풀어내는 핑곗거리
한 장 더 넘기는 책장 나를 다시 세운다

가을 한 잎

콧노래 흥얼대며 우정도 물이 들던
책갈피 고이 접은 단풍잎 꺼내든다
그때의 웃음소리가
시간 따라 뒹구는

한 상 차린 햇살 속을 발걸음 빠져든다
꽃중년 가장자리 발갛게 익어가는
바람이 책장 넘기는 가을 한 잎 더한다

눈 내린 날

몰래 온 손님으로 소복이 쌓여있는
하얀빛 도화지에 생각이 오며 가며
발 빠른 아이들 장난
잘 그려진 수채화

뽀드득 소리 따라 줄을 잇는 발자국
눌러진 깊이 속에 수줍은 글을 놓아
눈꽃의 재잘거림에
시 한 수가 흐른다

내려놓다

지나온 날을 새며 창밖을 바라본다
다가온 기억 실패 정신줄 부여잡고
햇살에 떨어져 나간 파편들이 줄 선다

그늘진 가장자리 파고드는 손끝 사이
긴 긴 날 바람에 실어 미소까지 얹어봐도
한 움큼 알약 기운에 그녀가 앉아있다

친정 보따리

목까지 차오르는 그 이름 부르고 싶어
우거진 숲 사이로 고향길 달려간다
속울음 붉어져 가는 머언 생각 안으며

장독대 엄마 손길 여전히 남아있고
아버지 가꾸시던 밭고랑도 두둑한데
수다는 평상 위에서 주인 잃고 맴돈다

밤사이 챙겨놓은 보따리 줄을 선다
딸아이 투덜거림 종달새 노래 같고
친정표 비타민 있어
웃음 머금고 오는 길

통도사 봄 마중

푸른 솔 내음에 물소리 장단 올린
때 이른 봄바람이 산사를 둘러싼다
더 낮게 몸을 낮추는 합장의 길 감싸며

부처님 말씀 속에 피어난 자장 매화
동안거 기도 중에 향기도 더 깊어져
오늘은 그리던 꽃망울
살짝 터질 것 같다

2부

바람결에

바람결에

물메기 겨울 한 철
후루룩 속을 풀던

스치는 비린 바람
아버지 그려 본다

한소끔 끓어오르는
그리움도 한 그릇

너의 자리

사람 손 많이 타는 거실에서 멀어졌다

구석진 베란다에 볕과 바람 노는 자리

잎 돋고 꽃대 올리는 널

일 없어도 찾아간다

꽃반지 사진

오가는 산책길에 눈 맞춘 토끼풀꽃

내미는 손가락에 약속도 끼워진다

주름진 손등 너머로 실바람은 흐르고

흑백사진

시골집 담벼락은 무채색 그대로다
비바람 들쑤셔도 꼿꼿한 차렷 자세
빛바랜 시간이 흘러 일렁이는 그림자

부모님 뵙고 싶어 기일을 기다리는
감나무 둥치 되어 지난날 품은 자리
지갑 속 손때가 묻은 그날 배경 정답다

내 동생

재롱이 눈에 밟혀 어떻게 가셨을까
차마 못 떠나시던 어머니 유언처럼
고맙다
잘 자라주어
바다 배경 저 미소

밀물 썰물 보태 지은 푸른 정원 이층집
초양낚시 간판이 햇살에 눈부시다
고맙다
잘 살아주어
네가 좋으면 된 거지

선물

찬바람 오라기에 뼈마디가 흔들린 날
밥 한 그릇 뚝딱해도 끄떡없이 버텼는데
아직도 청춘이라고 소리 없이 외친다

오십 중반 고갯마루 견적을 뽑아본다
약 한 첩 온몸으로 가쁜 듯 스며들 때
봄맞이 집 단장한 듯 리모델링 될까 몰라

감나무 아래

햇살이 내려앉아 간지럼 타는 오후
그늘 좋은 평상에서 눈을 꼭 감아본다
이파리 사이사이로 전해지는 떫은맛

봄, 그리움

눈앞에 아지랑이 남새밭 봄이란다
소쿠리 팽개치고 호미질 흥얼대듯
냉잇국 내음에 취해 어린 날이 스친다

앞산의 진달래꽃 부풀어 물들 때면
광목천 수를 놓듯 꽃지짐 부쳐 들고
카톡방 인증사진이 봇물 터져 흐른다

다 큰 자식

첫아이 옹알이가 집안의 경사였듯
일곱 살 미운 짓도 사랑으로 감쌌는데
저 혼자 큰 줄 아는지
서운함이 밀려든다

몸은 어른인데 입만 열면 잔소리꾼
품을 떠나가려고 정을 떼는 중일까
알아도 모르는 척하며 앞날 소지 올린다

눈썰매

겁먹은 토끼 눈에
팽그르르 이슬 맺힌

두근대는 가슴 쓸며
새색시 치마에 묻힌

영화 속
주인공 되어
총알 타고 내려온다

폰 잔치

달리는 전철 속은 핸드폰 놀이세상
음악 듣는 아가씨 게임에 빠진 총각
구석 편 책보는 소녀
설마 왕따 당할라

친구의 봄날

연분홍 스카프로 몹쓸 병 가리던 너
다정한 봄볕 아래 손사래 웃음 짓는
꽃바람 보내는 이유
활짝 피울 내년 있어

해반천

봄볕에 얼음 풀려 물소리 수다 떤다
청둥오리 자맥질은 봄을 잡아당기고
짓궂은 돌팔매질에 가슴 자꾸 쓸어내린다

훅 치고 들어온

달리던 고속도로 눈 뜨니 병실이다
머리맡 야봉지에 링거 줄 몸에 감고
피 냄새 온몸에 밴 채 젖은 시간 흐른다

의술의 힘을 빌려 꿰매고 짜 맞추고
딸아이 여린 손목 쉼 없이 간호해도
틀어진 뼛조각들이 토해내는 아픔뿐

모두 다 잠든 밤에 남몰래 빌어본다
창 너머 강물처럼 흘러 흘러가고 싶다
오르던 산마루쯤서 숨은 적을 만난 날

봄 가족

엄마 옷 빌린 매화
빨강 치마 예쁘고요

노랑 셔츠 산수유도
아빠처럼 멋있어요

젤 먼저 소식 전하는
봄까치꽃은 바로 나

3부

폭포 앞에서

폭포 앞에서

득음한 폭포 소리 계곡이 환해진다
툭 떨어진 바위에 이끼로 단장하듯
날아든 산새 소리도 함께 얹는 소리꾼

가을 산책

저마다 배꼽 인사 땀의 예를 취하는
발자국 소리마다 가을이 익어가다
그을린 얼굴 속으로 발맞추는 바람들

철새처럼

물 위를 휘젓다가 줄지어 날아가는

먹이 찾는 영상 한 컷
빠져드는 공연이다

철 따라 찾아왔지만
축제처럼 즐긴다

탑돌이

나보다 너를 위한 비손이 모아지는
한 걸음 한 걸음이 산사에 쌓여간다
죽비에 머물던 바람
풍경으로 다시 운다

행복 교실

반 박자 느린 손끝
엄지척 응원하면

굿거리 자진모리
어깨춤 들썩인다

얼씨구 추임새까지
온 마당이 잔칫집

접시꽃

분칠한 고운 뺨에 햇살이 가득하다

허리가 다 휘도록 발소리 귀 기울이며

그대의 눈길 한 줌도 남김없이 담으리

봄날에

봄바람 향기 따라 쑥 향기 한 소쿠리
추억을 양념 치니 쑥털털이 달달하다
함께 논 노랑나비가 아롱대는 그 이유

오리박물관

밉지 않은 오리 새끼 동화가 펼쳐지는
숲속의 하얀 집에 발길 절로 머문다
모두가 뒤뚱거리는 저들만의 축제장

곶감

햇살에 바람결에 온몸을 내맡기면

겉보기 떫은맛은 속으로 익나 보다

단맛이 으뜸인지라 제사상에 올리는

숲속 의자

풀밭에 덩그러니 눈꺼풀 처질 무렵

바스락 발걸음에 무릎을 내어주면

숲속은 바람 지휘에 하모니를 펼친다

봄 마중

고운 비 적셔주는 단맛을 입에 물고

깊어진 해 간지럼이 고개를 쑥 내민다

쑥쑥쑥 바구니 가득 채워가는 이 재미

연화리 서정

갈매기 춤사위에 물결도 덩실대는
햇살은 은빛으로 미끄러지듯 통통 튀고
우뚝 선 빨간 등대와 눈웃음으로 만난다

오이소 외침 속에 싱싱한 바다 내음
고소한 전복죽은 어머니 손맛이다
한겨울 연화리에는 갯바람도 끄떡없다

사추기思秋期

세 번째 스물 무렵 활화산이 자리 잡다
벌겋게 타오르다 한순간 사라지는
고맙다 잘 버텨줘서
나잇값은 해야지

시작詩作

쏟아진 별빛 모아 밤새워 뜨고 있다
언 속을 녹여주는 털장갑쯤 기다리며
달빛도 긍금했을까
고개 쏘옥 내민다

어쩌다 눈

밤사이 내린 눈에 펼쳐진 겨울왕국

뭉쳐진 눈 뭉치가 장난감보다 더 좋아

햇살에 눈물 흘려요

내 눈에도 흘려요

4부

한낮의 여유

한낮의 여유

칠월 숲으로 가면 바람이 여유롭다
발그레한 황톳길에 낯익은 맨발 만남
한나절 초록에 물든 숨소리도 풀물이다

길 안내 역할 맡은 호랑나비 앞장서고
뻐꾸기 음률 따라 운 띄워 홍얼대며
잎새에 써 내려가는
시 행간도 시원하다

꽃지짐

진달래 분홍 입술 포개지는 민들레 잎
시인의 손끝 아래 시가 절로 익어가는
풍경에 퍼져나간 내음
벌 나비도 날아든다

비타민 D

에어컨 호사에도 오금이 저려온다
빠져나간 근육들로 으스스 바람 일어
땡볕에 몸을 맡긴다
자연에서 얻는다

산사

참 맑은 목탁 소리에 스르르 빨려든다
흐르는 물소리도 깊숙이 와 닿는다
대웅전 감나무 잎새
흔들림을 멈춘다

닮은꼴

추위가 아직인데 얼굴 내민 꽃봉오리

정겹게 다가서서 속삭이는 귓속말처럼

우리는 닮은꼴인가 칠삭둥이 너와 나

내 탓

같이 한 번 잘해보자 손가락 걸었는데
큰 행사 준비 단계 핑계가 줄을 선다
죄가 된 건망증만이 말똥말똥 웃는 날

카톡방 문턱에서 발걸음 갈팡질팡
억지로 맡은 반장 딱지처럼 뒤집을까
차창 밖 가을 햇살에 찌푸리는 눈살

섬진강의 봄

모래알 반짝이는 살 오른 저 재첩들
솔 내음 물길에는 설렘이 피어난다
터지는 매화꽃만큼 콩닥콩닥 피는 봄

나이 친구

반갑지 않은데도 하나씩 늘어간다

처지는 주름살에 돋보기 코에 걸고

다 아는 셈법인데도 부려보는 투정들

기림돌

영축산 오솔길에 시심이 가득하다

서운암 만리향이 코끝에 스치는 날

큰 스님 팔순 기념 돌 시조사랑 넘친다

갯벌

짠맛은 짠맛대로 단맛 또한 얹어주는
바다가 내어주는 어머니 가슴이다
살아서 숨 쉬는 소리
뻘배 가득 담는다

불청객

찌푸린 표정 속에 마스크에 가려진 말

소통의 벽에 갇힌 한낮이 침침하다

국경도 훌쩍 넘나드는 미세먼지 넌 누구

어부바

목발에 중심 실은 헛발질 안타까워

업혀라 옆자리 내 편 약이 되는 한마디

오늘은 금 간 발목 위 사랑 본드 바른다

오리 세상

숲속의 하얀 집에 펼쳐진 오리박물관
둥둥둥 떠다니고 동동동 흔들리며
입가에 작은 미소가 떠나지를 않아요

구름 놀이터

하늘은 떠다니는 구름의 놀이터다

물고기 양떼목장 재미가 한창인데

어느새 심술보 되어 소낙비가 후두둑

투정만 늘어난다

회장도 자격 없고 총무도 그만두라

코로나로 초등 친구 얼굴 본 지 언제더라 거
리두기 해제되자 카톡방이 북적댄다 가정사에
직장 문제 회장 총무 못 온다니 성질 급한 친구
하나 앞서 내뱉는 말

사춘기 투정치고는 선을 넘은 말말말

5부

평상 일기

평상 일기

모깃불 피워놓고 꿈을 좇던 시간 너머

다정한 부채질에 별들도 잠들었지

휘영청 열사흘 달은 그날인 듯 일렁인다

가을 안부

단풍이 물들 때면 무릎이 시리다던
울리는 연결음에 떠오르는 고운 얼굴
가을이 무르익는다
까치밥이 낯익다

정자나무 일기

마을을 지켜주는 큰 어른 무릎 베면

궂은일 좋은 일도 수다로 내려놓는다

긴 흐름 흔들림 없는 곧은 말씀 듣는 날

캠페인

마스크 속에서도 좋은 말씨 날아간다
등이라도 토닥이듯 가풀막 끌어주는
마주한 눈빛만으로
일어설 힘 얻는다

굴

뽀얀 살 탱탱하면 최고가 되나 보다

따가운 햇볕 아래
거센 풍랑 몸에 실어

내미는 그대의 손에 겨울 맛을 건네고파

이름에게

눈길에 발자국 찍듯
너는 내게로 왔다

새하얀 종이 위에
새기듯 다가서며

늦은 밤 펜의 힘으로
다시 너를 부른다

쓴맛

뜬구름 깔고 누워 두둥실 집을 짓는
한 숟갈 찍어 먹는 꿀맛에 빠져든다
추락의 바닥에 앉아 정신 차린 코린이

산채비빔밥

바위와 나무들이 키위 낸 나물 넣어
온 산의 기운 담아 한 그릇 비벼 먹다
봄 산에 머무는 날은
절로 배가 부르다

마늘을 까다

매운맛 품고 앉아
겨울 한 철 보냈다

손가락에 밴 통증
어디 이것뿐일까

쟁여둔 아린 맛 한 줌
굽이굽이 생이다

도토리

다람쥐랑 나누라며 풀섶에 떨구어내는
떡갈나무 아래 서면 바람이 손이 된다
묵사발 한 그릇 속에
가을 서정 넘친다

문을 열다

세일러복 갈래머리 맑은 꿈 한참 비켜난
약물에 의지한 채 병색 짙은 겨울 한낮
눈동자 초점 잃은 채 고개 자꾸 떨군다

태평가 한 소절에 어깨 살짝 흔들린다
깊게 팬 주름살에 웃음기 번져가는
한 목청 간드러지게 불러보는 아리랑

살풀이

이승의 매듭 풀어 속울음 달래주는

정한을 가득 실어 하얗게 물결친다.

짙어진 춤사위 너머 날고 있는 저 나비

앉은뱅이책상

친정집 방구석에 앉은 채 졸고 있는
서랍 속 먹물 자국 진하게 스민 시간
얼룩진 졸음 그 너머 학창 시절 달려오는

중년에 눈뜬 습작 재미가 남다르다
잡히는 글을 모아 뒤집고 꺾어가며
말로는 글쟁이 핑계
동반의 길 걷는다

세대 차이

다 큰딸 친구 삼아 소주 한잔 기울이다

기분 좋아 서두 없이 이말 저말 하다 보면 했던 소리 또 한다고 지겹다며 투덜투덜 나이 탓을 내세워도 저번에도 그랬다며 몰아치는 잔소리에 설움이 부글부글 분위기 생각하며 조금은 맞춰 안 주고 달달하게 마신 술이 쓴맛 되어 홀짝홀짝

갱년기 질근 깨물며 엄마 나이 돼봐라

두레 밥상

둥그런 밥상 위에 여섯 벌 수저 앉다

엄마 손맛 느껴보려 친정집에 모여들어 장독
대며 텃밭으로 줄을 지어 둘러본다 더위에 몸
보신용 장어탕 전어무침 추운 날엔 아삭 식혜
대봉 홍시 물메기탕 보약이라 한 상 차려 오순
도순 둘러앉아 밥숟가락 움켜쥐고 그리움 엮어
만든 웃음 단맛 눈물 짠맛

고향 집 두레 밥상이 보름달처럼 환하다

해설

따뜻한 시심으로 수놓은
서정 시조의 결정판
/ 정유지

따뜻한 시심으로 수놓은 서정 시조의 결정판

정유지

문학평론가 · 경남정보대 교수

1. 섬세한 시안詩眼으로 대자연의 섭리를 노래하다

"마음이 일어나면 뜻이 된다"

위 내용은 '심지기위의心之起爲意'의 의미이다. 꿈꾸는 자만이 이뤄낼 수 있다. 세상 모든 일들이 꿈을 갖는 마음에서 출발한다. 마음이 일어나지 않는데, 어찌 저절로 성취되는 일을 바랄 수 있겠는가? 시인의 꿈은 무엇인가? 시인 등단 후, 개인 시집을 한 권 이상 출간하는 것이 대부분 시인들의 꿈이고 여망이다. 이행숙 시인은 노자의 도덕경에 나오는 고사성어 중, '대기만성大器晚成'의 미학으로 삶을 살아온 시인이다. 대기만성이란 '그릇을 만드는 데는 시간이 오래 걸린다'는 뜻으로, "큰 인물이 되려면 많은 시간과 노력이 필요하다."라는 속뜻이 있다. 서양 속담으로 "로마는 하루아침에 이루어지지 않았다(Rome wasn't built in a day)"라는 비슷한 의미가 있다. 대기만성형 인간을 영어로 'Late Bloomer(늦게 피는 꽃)'이라고 관용적으로 표현하기도 한다. 하루의 계획은 전날 저녁에 있으며, 일년의 계획은 지난겨울에 있으며, 일생의 계획은 자각한 시기에 있다. 이행숙 작가는 경남 고성에서 출생하여 고등학교를 졸업한 이후, 부산의 사상(학장)에서 10년 동안 생활하였고 줄곧 김해국제공항이 있는 경남 김해에서 30년 동안 생활하고 있다. 지난 1988년에는 경남정보대학교 지역사회교육원의 제13기 신부대학 강좌를 수료하면서 생활 속에 깃든 예술과 문화를 이해하는 계기를 마련했다. 이행숙 작가는 시조와 시 낭송, 한국무용 세 개의 예술 장르를 넘나드는 만능 엔터테이너(Entertainer)이다. 작가와 낭송가, 무용가로서 너무나 바쁜 일상을 보내고 있을 정도로, 다양한 끼와 재능을 갖춘 전문 예술인이다. 2017년 ≪부산시조≫ 신인상을 통해 등단하였고, 시 낭송가와 무용가를 병행하면서 현재는 김해 행복한 시 낭송 회장을 맡고 있을 만큼 왕성한 예술 활동을 전개하고 있다. 이행숙 시인은 참으로 진솔한 마음의 소유자이다. 늦게 쓴 글쓰기를 성찰하면서 회갑 때 시집을 내겠다는 강한 의지를 피력하고 있다.

늦게 쓴 글쓰기에 졸음도 마다 앉는
모자란 서정 한쪽 곱다시 채워가는
회갑 때 시집을 내는 큰 산 하나 오른다
                    ─ 〈시인의 말 「저장하다」〉 전문

    인용된 내용은 이행숙 작가의 여는 시조 「저장하다」
의 전문이다. 요즘 문학계에서 통용되고 있는 시적 경
향을 그대로 보여주는 세련된 제목이다. '저장하다'의
의미 속에는 '모아서 쌓아 두거나 간수하다'라는 뜻을
가지고 있다. 이행숙 작가는 늦깎이 예술인의 '열정 시
간'을 저장하기도 하고, 회갑 때 출간할 시집의 '이미지
(image)'를 저장하고 있다. 저장하다는 파일 속에는
'꿈'과 '사랑', '추억'과 '기억'이 저장되어 있다. 시인의
창조적 상상력을 담는 메모리 공간에 이행숙 시인의
삶을 그대로 저장하고 있는 것이다. '부드러움은 강함
을 이긴다'라고 했던가. 시인은 격조 높은 시적 안목을
바탕으로 탁월한 색채감각으로 선명한 이미지를 생산
하고 있다. 한마디로 이행숙 시인을 '이미지 구현의 대
가'로 명명한다. 이미지는 어떤 사물에 대하여 마음에
떠오르는 직관적 인상을 말한다. 동의어로 심상心像이
있다. 영어사전에는 1. image 2. picture 3. view 등으
로 나와 있다. 사회 일각에선 평판評判이란 말로 대체
해서 쓰기도 한다. 이때는 세상에 널리 퍼진 소문을 뜻
한다. 엄밀히 말하면, 이미지는 직관적 인상이고, 평판

은 명성이나 소문 같은 개념과 가깝기 때문에 다르다고 할 수 있다. 시인은 따스함이 깃든 시적 프레임(Frame)으로 깊은 사색을 즐긴다. 이행숙 시인은 그 사색의 창을 밝히고 있다.

이행숙 시인은 서정 시조를 쓰는 아름다운 여성 시인이다. 이행숙 시인의 시적 세계는 크게 두 가지 경향을 보인다.

첫째, 여성 특유의 섬세한 감각으로 유려한 시적 보폭을 선보인 동시에, 달관의 깊이로 수놓은 서정 시조의 진수를 수놓고 있다. 더불어 대자연을 누비면서 정제된 언어로 새롭게 특화시킨 '수채화 한 폭'을 형상화하고 있다. 아울러 이행숙 시인의 정신세계는 청순한 미적 감수성으로 빚어낸 맑고 진솔한 시조 미학이 가득하다. 이는 이행숙 시조의 근간이 된 소절과 소절, 장과 장을 연결하는 창조적인 상상력과 시적 유기성이 작용하기 때문이다.

둘째, 선적禪的 상상력과 관계 맺기의 미학에 충실하다. 또한 시적 대상에 대한 빼어난 감정이입을 통해 회화적 이미지를 구가하고 있다. 더 나아가 따뜻한 사랑의 심상으로 부드러운 봄의 얼굴을 하고 있다. 얼음을 녹이는 봄볕처럼, 한겨울 속 봄을 가장 먼저 알리는 복수초 같은 메신저의 역할을 하고 있다.

셋째, 깊은 사유를 간결하게 표현하는 자기 자신의 아포리즘(Aphorism)적 단상으로부터 시작하여, 가족, 일상까지 확대하고 꽃향기가 그윽한 사계절이 깃든 대자연의 풍경마저 노래하고 있다. 하나의 서정 앨범 속에 이행숙 시인의 인생을 함축하고 있다. 단시조, 연시조, 사설시조 등을 두루 발현시키면서, 무한 시상詩想의 자유로움을 확보하고 있다. 총 75편 중, 단시조 77%(58편), 연시조 24%(18편), 사설시조 4%(3편)의 분포율을 통해 이를 확인할 수 있다.

시인은 자연에 대한 특화된 캐릭터를 구축하고 있다. 바로 「솔잎 일기」에서 이를 확인할 수 있다.

단발머리 소녀가 산길을 내려온다
새색시 베개 같은 나뭇짐 머리이고
온몸에 산 냄새가 밴 발걸음이 힘차다

솔가리 듬뿍 넣어 아궁이 불 피우듯
굴뚝 연기 퍼져가는 단란한 저녁 무렵
소나무 둥치 아래서 그날 다시 읽는다
                              —「솔잎 일기」 전문

인용된 작품은 향긋한 산 내음이 물씬 풍긴다. 소나무가 많이 우거진 숲 즉 송림松林의 기운이 확 느껴진다. 솔잎 일기를 읽어 내려가는 시적 화자의 눈길이 사뭇 정겹게 다가온다. 소나무는 보통 4월 하순부터 5월 상순까지 한 그루에 암꽃과 수꽃이 나란히 피는 단성화이다. 놀라운 사실은 시인이 소나무 숲의 암꽃을 '단발머리 소녀'로 환치換置 시키고 있는 참신한 발상이 매우 신선하다는 점이다. 솔숲은 보라와 노랑으로 아름답게 수놓은 수백 개 꽃의 카드섹션이 펼쳐진다. 바람을 올라탄 송홧가루가 대량으로 날려지고 있는 가운데, 저녁노을이 그 공간적 배경으로 놓인다. 마치 아궁이 불 지피고 동시에 굴뚝 연기 퍼져나가는 것 같은 전형적인 시골의 전원풍경이 클로즈업된다. 이를 '굴뚝 연기 퍼져가는 단란한 저녁 무렵'으로 설정하는 시적 장치가 또한 예사롭지 않다. 아궁이에 저녁밥을 짓는 전통적인 한국 정서가 그대로 배어난다. 매끄럽고 차분한 시적 어투가 그 밑밥을 깔고 있기 때문이다. 소나무는 풍매화風媒花다. 곧 바람에 의해 수분受粉 하는 꽃 가운데 하나다. 시인은 솔숲 내력을 꿰뚫고 있으면서, 대자연의 섭리를 솔잎 일기장에 담아내고 있다.

시인은 자기 삶을 고즈넉하게 그려내고 있다. 「수채화 한 폭」을 통해 이를 확인할 수 있다.

구경 온 뭉게구름 가던 걸음 멈추고
꽃무늬 원피스의 손목 덥석 잡는데

가을빛 도화지 위에
앉아있다 어느새

푸른 잔디 발아래에 개망초 곱게 피어
다리 꼰 눈웃음에 제 마음 감춰두고
스치는 바람 속으로
고백 한 줄 날린다

—「수채화 한 폭」전문

시인은 가을 풍경의 동영상을 그대로 압축시켜 놓은
듯이 한 폭의 수채화水彩畵를 그려내고 있다. "이 한 편
의 작품이 이행숙 시조집이다"라고 말해도 과언이 아
닐 정도로, 시적 상상력의 극치를 선보이고 있다. 무불
통달無不通達의 시선으로 선경仙境의 경지에 도달한 수
작秀作으로 평가할 수 있다. '뭉게구름'은 삶의 무대,
'가을빛 도화지' 위의 주연 배우다. 주연 배우가 꽃무늬
원피스를 입은 누군가의 손을 덥석 잡고서 가을빛 도
화지 위에 어느새 앉아있는 주연 배우의 능청스러운
연기에 웃음이 쏟아진다. 더 나아가 다리 꼬고 눈웃음
날리는 개망초의 원초적인 섹시미에 한눈을 팔다가 끝
내는 뭉게구름이 첫눈에 반한 마음을 고백하게 된다는
시적 설정은 묘한 감흥과 함께 극적 효과마저 자아낸
다. 참으로 감미로운 시조 작품이 아닐 수 없다. 가을
빛 도화지 위에, 시인의 선천적 재질로서의 자유로운

직관直觀이란 사유思惟의 붓을 가지고 감성적인 터치를 통해 시적 운치를 발현시키고 있다. 결국 서정적 빛깔의 고운 이미지의 물감을 풀어, 시적 상상력을 가미한 거의 완벽에 가까운 한 폭의 수채화를 완성시키고 있다.

시인은 조연助演의 삶을 기리면서, 언덕길 「물그림자」에 시선을 돌리고 있다.

봄비를 흠뻑 맞는 연두가 싱그럽다
고개를 쑥 내미는 여린 물살 저 호기심
감춰둔 속내 비칠까 뒷걸음질 바쁘다

무심코 던진 돌팔매 바람이 야단치는
하늘, 구름, 이팝나무 물속에 놀고 있다
위양지 수채화 속에 떠다니는 봄봄봄
　　　　　　　　　　　　　　　—「물그림자」 전문

인용된 '물그림자'의 주된 공간적 배경은 밀양 위양지이다. 위양지 속에 비친 봄의 아름다운 풍경을 물이란 물감을 통해 수채화 한 폭을 수놓고 있다. 초월적 기표인 봄비, 하늘, 구름, 이팝나무는 현실의 한계상황을 극복하는 봄 수채화의 그림 세트다. 특히 밀양 위양지는 '하늘의 길天道', '사람의 길人道', '땅의 길地道'을 깨달을 수 있는 공간이다. '원형이정元亨利貞'이 흐른 '하늘의 길', '인예의지仁禮義智'가 머문 '사람의 길', '동남서

북東南西北'을 구분하는 '땅의 길'이 존재한다. 이는 사계절의 변화와 통하며, 곧 음양오행설과 연결된다. 인용된 물그림자는 만물이 소생하여 시작하는 봄을 상징한다. 그 봄은 으뜸 중 으뜸을 뜻하는 원元과, 사랑의 인仁, 좌천룡이 지키는 동東과 그 맥이 통한다. 겨울은 봄을 잉태하고, 봄은 여름을 생산하는 몸이다. 또한 가을을 예고하는 전생이다. 봄은 홀로 존재하는 것이 아니라, '생성-성장-소멸'의 단계를 거치는 과정 중 하나일 뿐이다. 위양지는 신라시대 때 농업용수 공급을 위해 축조된 저수지다. 시인은 봄비 흠뻑 적신 연두의 색감을 바탕으로 하늘, 구름, 이팝나무 모양을 살린다. 숲과 꽃의 경계선을 얇게 하고 이때 원근법을 효율적으로 사용하며 풀어준다. 동심童心도 약간 주입하면서, 물 위로 떠다니는 '봄봄봄'을 부각시킨다. 여기서 '봄봄봄'의 의미를 정리하면 하늘, 구름, 이팝나무로 볼 수가 있고, 하늘天道, 사람人道, 땅地道과 통하는 시적 장치일 수 있다. 구름은 가변성을 지닌 존재로 사람의 삶과 비유할 수 있기에, '사람의 길'에 포함했다.

시인은 인생의 「가을 한 잎」을 잊을 수 없다.

콧노래 흥얼대며 우정도 물이 들던
책갈피 고이 접은 단풍잎 꺼내 든다
그때의 웃음소리가
시간 따라 뒹구는

한 상 차린 햇살 속을 발걸음 빠져든다
꽃중년 가장자리 발갛게 익어가는
바람이 책장 넘기는 가을 한 잎 더한다
─「가을 한 잎」 전문

인용된 '단풍잎'은 우정과 추억이 물든 책갈피다. 과거를 회상하는 학창 시절과 현재를 즐기는 중년이라는 시간적 공간이 자리 잡고 있다. 학창 시절 책갈피 역할하던 단풍잎과 중년기에 바라보는 단풍잎은 색다른 추억과 사색의 소재다. 시적 화자는 학창 시절 친구와 함께 단풍잎을 주워 코팅해서 책갈피로 활용했던 그 시절을 회상한다. '콧노래'를 흥얼대게 하고, 우정도 '물이 들게' 했던 단풍잎 책갈피를 회상할 때마다 그때의 웃음소리가 시공간의 경계를 넘어 지금 현실에 와 있다. 일상 속에서 경험한 이미지가 시인의 직관력을 통해 재생되고 있다. 가을 잎새와 햇살의 관계는 돈독하다. 마치 햇살이 잎마다 잔칫상을 차려준 것 같은 관계임을 시적 화자는 밝히고 있다. 잎의 가장자리부터 발갛게 인생이 무르익어가는 중년을 자각하면서, 인생의 책장을 넘긴 바람은 가을 한 잎으로 만든 책갈피를 끼워 넣고 있다. 책갈피는 책장과 책장 사이의 공간이다. 책장과 책장을 가르기 위해 꽂아 두는 꽂이다. 서표書標·간지間紙와 같은 역할이다. 학창 시절의 책장과 중년 시절의 책장 사이에 '가을 한 잎'의 책갈피를 꽂아

두고 시인 자신에게 존재적 가치 여부를 묻고 있다.

시인은 때때로 아버지를 그린다. 「바람결에」서 이를
확인할 수 있다.

물메기 겨울 한 철
후루룩 속을 풀던

스치는 비린 바람
아버지 그려본다

한소끔 끓어오르는
그리움도 한 그릇

─「바람결에」 전문

시원하고 깔끔한 물메기탕은 겨울철 별미 중의 별미
다. 부드럽고 담백한 맛은 은연중에 물메기탕 식당을
찾게 만드는 매력으로 작용한다. 그런 맛 속에는 항상
아버지가 맴돈다. 시원시원하고 깔끔한 외모와 복장,
담백한 성격까지 모두 아버지의 단상과 통한다. 우리
시대를 살아가는 세상의 아버지는 '딸바보'라고 불린
다. 아들에겐 엄하지만, 딸에겐 사랑을 아낌없이 표현
했던 그런 아버지를 뜻한다. 어쩌면 유년 시절 아버지
와 함께 물메기탕을 특식으로 자주 먹었거나, 아버지
가 즐겨 찾던 음식이 물메기탕일지도 모를 일이다. '한

소금 끓어오르는/그리움도 한 그릇'이란 표현은 참으로 보기 힘든 압권이다. 아버지에 대한 그리운 딸의 마음을 이리도 감칠맛 나게 표현할 수 있을까. 존재적 자기 인식自己 認識의 발로에서 생성된 아름다운 미학이 담겨 있다. 내 인생의 잊지 못할 '물메기탕'의 비린 바람이 나를 일깨우는 에피퍼니(Epiphany)였으리라. 「흑백사진」에 시선을 돌리고 있다.

> 시골집 담벼락은 무채색 그대로다
> 비바람 들쑤셔도 꼿꼿한 차렷 자세
> 빛바랜 시간이 흘러 일렁이는 그림자
>
> 부모님 뵙고 싶어 기일을 기다리는
> 감나무 둥치 되어 지난날 품은 자리
> 지갑 속 손때가 묻은 그날 배경 정답다
>
> ―「흑백사진」 전문

지갑 속 손때 묻은 흑백사진은 돌아가신 부모님과 만나는 유일한 시간적 매개媒介다. 무채색 시골 담벼락을 배경으로, 꼿꼿한 차렷 자세로 서 있는 부모님의 모습에서 가공되지 않은 가족의 의미를 조명하고 있다. 가족이라는 최소 공동체의 실존적 가치를 흑백사진이란 매개로 시공간적 아이덴티티(Identity)를 회복하고 있다. 빛바랜 시간이 고스란히 담긴 매개로 인해, 시인은 사물의 본질을 직관적으로 포착하고 있다. 가족사진을 찍었던 그 자리에, 감나무가 자라 이제는 둥치를 펼쳐 추억을 되살리는 존재로 자리매김했음도 파악하고 있다. 흑백사진은 무엇보다 과거로부터의 단절을 극복하고 지금 세상과 연결된 시적 장치다. 감나무 둥치가 있는 지금의 그 자리에서, 부모님과 만나는 미묘한 선적禪的 상상력을 발현시키고 있다. 이는 언어나 문자에 의지하지 않는 불립문자不立文字의 깨달음과 무에 다르랴. 영성靈性의 그릇 안에 사는 부모님과 자신이 만나는 정겨운 미적 거리를 확보하고 있다. 가족사진은 이행숙 시조 정신을 실현해 나가는 구도求道의 매개로써 존재한다.

시인은 시선을 돌려 「살풀이」를 바라본다.

이승의 매듭 풀어 속울음 달래주는

정한을 가득 실어 하얗게 물결친다

짙어진 춤사위 너머 날고 있는 저 나비
　　　　　　　　　　　　　　　　　―「살풀이」 전문

살풀이는 사주에 살殺이 있을 때, 그 살殺을 풀어주는 행위를 말한다. 살풀이는 인간의 운명에 깃든 나쁜 기운을 풀어내는 매개媒介다. 즉, 무당巫堂이 운명에 타고난 사람의 흉살凶殺을 미리 피하도록 추던 매개媒介

다. 시인은 인용된 것처럼 살풀이를 통해 선적禪的 상상력을 발현시키고 있다. 날 때부터 타고난 정해진 운명의 매듭을 풀어주는 종교적 존재가 무당이다. 신이 내린 사람이다. 살이 든 사람의 생일날에 맞춰서 살풀이 춤사위를 펼치고 있음을 그림 그리듯이 진술하고 있다. 정情과 한恨을 가득 실어 나쁜 기운을 달래고 있다. 여기서 나비는 나쁜 기운의 속울음을 새롭게 치유하는 시적 대상이다. 살풀이춤은 하얗고 긴 천을 잡고 살풀이 가락에 맞춰서 추는 춤이다. 살풀이는 굿과는 차이가 있다. 굿은 귀신 등에게 제사상을 차려 재물을 바치는 것이라면, 살풀이는 이보다 비교적 가벼운 행위로 나쁜 기운을 풀어주는 의식이다. 살의 종류에는 삼재살, 백호살, 역마살, 자궁살, 화개살, 귀문관살, 12신살 등이 있다. 이행숙 시인의 선적 상상력과 그 깨달은 시편마다 매개가 되는 객관적 상관물이 존재한다. 인간에게 경험되는 모든 것은 그 자체로서가 아닌 다른 것과의 연계와 연관성 속에서 의미를 지닌다.

2. 침향과 같은 좋은 작품은 오랜 시간이 지나도 시공간의 경계를 무너뜨린다

"시詩(Poem)는 말하는 그림이고, 그림은 말 없는 시다."

괴테가 강조한 말이다. 괴테는 파우스트, 젊은 베르테르의 슬픔으로 널리 알려진 독일의 대문호다. 괴테는 독일을 대표하는 시인이며, 극작가, 언론인, 정치인 등의 화려한 프로필을 자랑한다. 인용된 글은 괴테가 말한 시의 정의이다. 시의 특성을 한마디로 말하면 이미지(心象, Image)를 가장 효과적으로 표현한 최고의 정의에 해당한다. 즉, 그림을 그리듯이 시적 묘사를 잘해야, 비로소 회화 작품과 같이 명품이 된다는 의미이다.

이행숙 시인은 괴테가 말한 시의 정의를 차용할 수 있는 작가다. 이른바, "시조는 말하는 수채화이고, 수채화는 말 없는 시조다"를 확인시켜준 시조시인이다. 감성이 워낙 뛰어나고 풍부해서, 마치 톡톡 튀는 콜라 맛처럼 시조의 뒷맛이 작렬하는 보배 같은 존재다.

이행숙 시인의 시적 상상력은 경계 없이 자유롭고, 그에게 있어 시조 쓰기란 인간 정신이 굴레에서 자유로 향해가는 한 편의 파노라마(Panorama)다. 시인의 자유로운 사유를 통해 독자들에게 선물하고 있는 낯선 경험의 세계를 모색할 것이다. 시인이 궁극적으로 지향하고 있는 심상의 항해는 멈춤 없이 진행되고 있음도 탐색할 것이다. 시인의 시적 언어는 침향沈香처럼 오랜 습작을 통해 얻어진 깨달음의 결정체이다. 이는 이행숙 시조 미학의 산물로 정리할 수 있다. 이행숙 시조 미학은 이번 『수채화 한 폭』에서 제대로 꽃봉오리를 피워올리고 있다. 시인은 따스한 마음의 창을 연다. 「비타민 D」을 통해 확인할 수 있다.

> 에어컨 호사에도 오금이 저려온다
> 빠져나간 근육들로 으스스 바람 일어
> 땡볕에 몸을 맡긴다
> 자연에서 얻는다
>
> ―「비타민 D」 전문

인용된 작품 속에 등장하는 시적 화자는 특별하다. 우울증 치료제 비타민 D를 자연에서 찾고 있는 시적 화자는 일반적인 보통의 사람이 아니다. 무엇보다 비타민 D를 고등어나 우유, 엽산이 풍부한 녹색 채소류 등을 챙겨 먹으며 섭취하는 것보다 과감한 외출을 선택해 비타민 D를 얻는다는 점에서 친밀감이 형성된다. 땡볕에 온몸을 맡기면서, 자연을 맘껏 즐기는 자유인이다. 운동 부족의 원인으로 인해 근육이 사라지고 있음을 자각하고 있는 시인의 자기진단도 돋보인다. 한마디로 자기 주도형 시적 존재다. 오장육부五臟六腑가 깃든 소우주인 자신의 몸을 제대로 관리할 줄 안다. 특히 실내 에어컨에만 의존하면 일조량이 적어 '행복 호르몬'인 세로토닌 생산이 줄어든다. 일조량이 부족한

환경일수록 기분이 가라앉기 때문에 일광욕은 우울증 해소에 도움이 된다. 이행숙 시인은 감성이 살아나야 휴머니티(Humanity)의 복귀를 상정하고 있다. 애간장을 녹이는 사랑의 정체성을 노래하고 있다. 햇빛이 내려와 노는 오후, 시인은 어느덧 「감나무 아래」를 지나친다.

> 햇살이 내려앉아 간지럼 타는 오후
> 그늘 좋은 평상에서 눈을 꼭 감아본다
> 이파리 사이사이로 전해지는 떫은맛
> —「감나무 아래」 전문

초가을 녘 나른한 오후의 풍경이 잔잔하게 연상된다. 아직 다 익지 않은 감나무의 떫은맛도 낭창낭창 전해진다. 간지럼은 신체의 특정 부위(겨드랑이, 옆구리, 발바닥 등)를 타인이 자극할 때 느껴지는 압각이다. 간지럼을 느끼게 되면 웃음을 터뜨리는 생리적 반응도 일어난다. '햇살이 내려와서 감나무의 특정 부위를 간지럼 태우고 있다.'는 시적 화자의 배경 설정은 매우 섬세한 미적 감각이라 할 수 있다. 활유活喩의 보법으로 시적 효과를 자아내는 세련된 감성으로 볼 수 있다. 매끈매끈한 주황색 감으로 익기 전의 가을 문턱 이미지 또한 그려내고 있다. 인용된 작품의 중장처럼 '눈을 꼭 감는' 일련의 시적 행위는 명상이나 묵상할 때의 모습이 대부분이다. 여기서, 시적 화자는 명상冥想에 젖어 있다. 고요히 눈을 감고 무념무상無念無想에 잠긴다. 그 명상의 끝에서, 아직 익지 않은 떫은맛의 감과 아직 설익은 자기 자신과의 접합점을 투영投影시키고 있다. 겉으론 자연의 모습을 보여주고 있지만, 그 속엔 인간의 자아 탐구가 연동되고 있다.

시인은 소리에 귀를 기울인다. 「폭포 앞에서」에서 확인할 수 있다.

득음한 폭포 소리 계곡이 환해진다
툭 떨어진 바위에 이끼로 단장하듯
날아든 산새 소리도 함께 얹는 소리꾼
　　　　　　　　　　　　　　—「폭포 앞에서」 전문

인용된 작품을 통해, 시적 화자는 소리의 실체를 인식하고 있는 가운데, 대자연 속에 깃들어 있는 아름다운 소리를 끄집어내고 있다. 낯설고 새로운 환경을 찾아간 계곡의 폭포, 그 폭포 앞에서 자연의 섭리를 깨달으며, 환희에 찬 이상향을 연출하고 있다. 이끼로 단장한 바위, 산새 소리는 시적 감성을 움직이게 만드는 기표로 작용한다. 폭포 앞에서 득음得音은 한마디로 '영혼의 노래'다. 국어사전에선 '노래나 연주 솜씨가 매우 뛰어난 경지에 이르는 것'으로 정의한다. 깨달음을 얻어야 가능한 경지라 할 수 있다. 판소리에선 소리의 경

지에 도달했음을 뜻한다. 즉, 판소리 창자唱者의 음악
적 역량이 완성됐다는 뜻이다. 어떤 소리를 내든지 마
음대로 소리를 다룰 수 있게 되었을 때 득음하였다고
말한다. 여기서 득음의 주연主演, 주된 시적 대상이 '폭
포'라면, 득음의 조연助演, 보조의 시적 대상이 '산새'라
할 수 있다. '폭포'와 '산새'는 모두 '소리꾼'으로 귀결됨
으로써 득음의 미학이 남겨진다. 폭포의 소리는 처절
하리만치 우렁차다. 수많은 갈래의 작은 물줄기가 폭
포까지 모이기까지 그 소리를 멈추고 있다가, 일순간
꽃피우는 소리야말로 득음 그 이상의 순간이 아닐 수
없다.

　시인은 꽃의 매력에 빠져있다. 「접시꽃」을 통해 확
인할 수 있다.

　분칠한 고운 뺨에 햇살이 가득하다

　허리가 다 휘도록 발소리 귀 기울이며

　그대의 눈길 한 줌도 남김없이 담으리
　　　　　　　　　　　　　　 ─「접시꽃」 전문

　접시꽃은 한마디로 '연가戀歌'이다. 사모하는 그리움
을 담은 애절한 노래다. 누군가를 애타게 그리워하는
간절한 마음이 읽히는 노래다. 너무도 절절해서 숨이
막힐 만큼 비극적 초월의 사랑 노래다. 정제되고 함축
된 형식 속에서 부드러운 톤의 시어를 주로 선보인 서

정적이고 아름다운 노래다. 한때, 베스트셀러였던 도종환 시인의 시, 「접시꽃 당신」이 떠오른다. 이제 이행숙 시인의 시조, 「접시꽃」이 세상에서 회자될 것으로 기대한다. 접시꽃의 꽃말은 '풍요, 편안' 등이다. 6월의 뜨락을 밝히면서 누군가를 뜨겁게 연모하고 그리워하는 사랑 노래가 세상에 꽃씨처럼 뿌려진 것이다. 독자들의 가슴에 뿌려진 꽃씨가 활짝 만개할 때 감정이 증발되고 있는 세상을 구할 메시지가 될 것이다.

시인은 칠월의 숲을 향한다. 「한낮의 여유」에서 이를 확인할 수 있다.

칠월 숲으로 가면 바람이 여유롭다
발그레한 황톳길에 낯익은 맨발 만남
한나절 초록에 물든 숨소리도 풀물이다

길 안내 역할 맡은 호랑나비 앞장서고
뻐꾸기 음률 따라 운 띄워 흥얼대며
잎새에 써 내려가는
시 행간도 시원하다

—「한낮의 여유」 전문

한여름 뙤약볕을 피해 시원한 곳으로 옮기는 피서避暑의 장소가 바로 숲속이다. '한낮의 여유'를 만끽할 수 있는 장소 중 하나다. 숲속에 머물면 그 공간을 이탈하기 쉽지 않다. 이탈하는 순간, 작렬하는 뙤약볕이 기다리고 있기 때문이다. 시적 화자는 숲속에 이는 잔잔한 바람을 만난다. 숲속 황톳길을 맨발로 걷는 이들도 만난다. 숲속 초록의 물결이 심상까지 밀려와 숨소리조차 풀물로 가득 차 있음을 진술하고 있다. 특히 '한나절 초록에 물든 숨소리도 풀물이다'라는 절창을 선보이고 있다. 숲속 이미지를 이토록 섬세하고 서정적으로 표현한 작품은 세상에 드물 것이다. 더구나 둘째 수에서 '길 안내를 호랑나비가 하고 있다'는 시적 장치는 이 작품에 푹 빠져들게 만드는 시적 모티프로 작용한다. 뻐꾸기 소리의 음을 놓치지 않고 운을 떼면서, 잎새에 핏줄처럼 연결된 미세한 줄기 속에서 시의 행간을 찾아낸 시적 안목이 참으로 놀라울 뿐이다. 평화롭고 안락한 '한낮의 여유'가 묻어난다.

시인은 일상과 자연을 하나의 시적 대상으로 바라본다. 「숲속 의자」에서 이를 확인할 수 있다.

풀밭에 딩그러니 눈꺼풀 처질 무렵

바스락 발걸음에 무릎을 내어주면

숲속은 바람 지휘에 하모니를 펼친다
— 「숲속 의자」 전문

한적한 숲속 풀밭에 놓인 의자를 배경으로 하늬바람과 어울려 물결치는 전형적인 가을의 이미지를 그림 그리듯이 덧칠하고 있다. '숲속 의자'는 다양성多樣性과 애매성曖昧性을 동시에 지니고 있다. 작품 읽기 묘미의 즐거움이 있음을 의미한다. 단일한 의미가 아니라 암시적으로 여러 갈래의 의미를 드러낸다. 이행숙 시인은 '숲속 의자'라는 이미지의 집을 만들기 위해, '풀밭'이란 공간적 배경과 '바스락 빌길음'이란 시간적 상황 설정, '바람의 지휘'와 '하모니' 같은 공감각적 이미지 등을 시적 재료로 활용했다. 인용된 '숲속 의자'는 초장과 중장, 종장까지 다양한 빛깔의 의미로 상호 유기적인 관계로 연결되어있는 풀밭 위의 특별한 의자다. 자연인이 앉아서 자연과 교감할 수 있는 장소이기도 하고, 키 큰 풀들이 앉거나 누워 잠잘 수 있는 공간이다. 심지어는 곤충이나 들짐승, 산짐승, 날짐승, 바람까지 모두 앉아 쉴 수 있는 의자다. 그래서 '숲속의 의자'는 동식물의 낙원이다. '숲속 의자'는 아무런 괴로움이나 고통이 없이 안락하게 살 수 있는 즐거운 곳이다. 때론 고난과 슬픔 따위를 느낄 수 없는 곳이기도 하다. 이때는 죽은 뒤의 세계를 비유적으로 쓴 말이다. 이렇게 다양하게 그 의미를 유추할 수 있는 주된 그 이유는 본문 내용 중 단 한 번도 '의자'라는 시어를 쓰지 않았기 때문에 가능했다. 처음에는 애매함으로 다가왔고, 이어서 다양한 의미로 다가왔다. 보통의 의자椅子는 사람이 걸터앉는 데 쓰는 기구다. 뒤에 등받이가 있고 종류가 다양하다. '숲속 의자'는 일상과 자연이 만나는 통섭統攝의 소재다. 이런 통섭의 소재를 찾을 수 있었던 그 밑바탕에는 이행숙 시인의 탁월한 시적 관찰력이 작용했기 때문이다. 시인은 「정자나무 일기」의 노래로 집안 생기를 살아나게 한다.

마을을 지켜주는 큰 어른 무릎 베면

궂은일 좋은 일도 수다로 내려놓는다

긴 흐름 흔들림 없는 곧은 말씀 듣는 날
—「정자나무 일기」 전문

정자나무는 마을을 지켜주는 큰 어른 같은 존재다. 시적 화자는 이 어른의 무릎을 베고 마을의 애경사哀慶事을 비롯한 사소한 것까지 모든 일을 공유한다. 언제나 그 자리, 흔들림 없는 곧은 성정 또한 배우고 있다. 노마지지老馬之智라는 한자성어가 있다. '늙은 말의 지혜'를 일컫는다. 이것은 노마식도老馬識道와 통한다. 이는 '늙은 말이 가는 길을 안다'는 뜻이다. '경험을 쌓은 사람이 갖춘 지혜'란 의미한다. 이를 응용하면 '젊은 말은 빨리 갈 줄만 알고, 늙은 말은 가는 길을 안다'라는 말과 일맥상통한다. 정자나무는 '늙은 말의 지혜'를 지닌 마을의 큰 어른임을 일깨우고 있다. 정자나무는 단순히 마을의 큰 나무가 아니라 사람, 자연, 문화가 어우러지던 소통 공간이다. 집 근처나 길가에 있는 큰 나무다. 가지가 많고 잎이 무성하여 그 그늘 밑에서 사람들이 모여 놀거나 쉰다. 이행숙 시인은 정자나무를 소재로 한 일기를 써 내려가고 있다. 정자亭子는 경치가 좋은 곳에 놀거나 쉬기 위하여 지은 집이며, 벽이 없이 기둥과 지붕만 있다. 그런 곳에 통상 팽나무 같은 방풍수를 심어서 정자나무로 부른다. 사람 사이의 단절된 소통이 이루어지고 있는 요즘, 정자나무가 가지는 가치는 '우리가 서로 소통하며 살아갈 수 있다'는 가능성을 열어주고 있다.

"참나무토막이 죽은 듯 이삼백 년 혹은 천 년쯤 잠겨 있어도, 홍수로 인해 땅 위로 솟구치게 된 그 나무를 누군가 꺼내 침향沈香으로 살려 쓰는 바로 지금 이곳에 존재한다. 이때 시공간의 경계가 무너진다. 침향은 수백 년 묵은 참나무를 말릴 때 고목에서 풍기는 그윽한 향을 뜻한다."

이행숙 시인의 시조집 『수채화 한 폭』은 과거 인간미가 넘쳤던 우리 사회의 감성을 재생再生시키고 혹은

영생永生의 서정적인 이미지로 발현해내고 있는 한국 현대시조단의 침향이다. 인간의 영혼이 빚어내는 사랑의 향기가 아름답다는 의미가 담겨 있다. 아울러 이행숙 시인의 시조집 『수채화 한 폭』은 인간의 내면과 외면의 상처와 갈등을 치유해내는 정화 기능을 하고 있다. 내면의 평화와 파괴된 외면의 완화를 얻도록 작용하고 있다.

이행숙

경남 고성 출생. 2017년 ≪부산시조≫ 등단. 김해 행복한 시낭송 회장.

| 한국대표 정형시선 069 |

수채화 한 폭

초판 1쇄 발행일·2023년 07월 28일

지은이 | 이행숙
펴낸이 | 노정자
펴낸곳 | 도서출판 고요아침
편 집 | 정숙희 김남규

출판 등록 2002년 8월 1일 제 1-3094호
03678 서울시 서대문구 증가로 29길 12-27, 102호
전화 | 302-3194~5
팩스 | 302-3198
E-mail | goyoachim@hanmail.net
홈페이지 | www.goyoachim.net

ISBN 979-11-6724-136-8(04810)
ISBN 978-89-6039-993-8(세트)